KB240280

나를 빚는 시간

나를 빚는 시간

이경환 지음

애플북스

프롤로그

바쁘게 살다 보니

빨리 지나가는 하루의 속도를 따라잡지 못할 때가 있

었다.

일을 좋아했고, 하고 싶은 것도 많아서

멈추지 않고 계속 움직여왔다.

겉으로 보기에는 잘 지내는 것 같았지만

어느 순간부터

어제와 오늘이 구분되지 않을 만큼

마음이 지쳐 있었다.

그럴 때면 나는 자연스럽게

가장 편안한 공간으로 향했다.

그곳에서는 세상이 조금 느리게 움직였고

내 생각도 정리가 되었다.

그 시간들이 쌓이면서

하루를 버티는 방식이 바뀌기 시작했다.

돌아보면 나를 괴롭히던 불안도,

쉽게 풀리지 않던 관계도,

무언가를 놓쳐버릴까 두려워했던 마음도,
시간 속에서 조금씩 모양을 바꿨다.

잘 해내려고 버텼던 날보다
스스로에게 솔직했던 순간들이
오히려 나를 단단하게 만들었다는 걸
뒤늦게 깨달았다.

누구나 겪지만 자주 말하지 않는 감정들
시간을 지나오면서 조용히 배워온 것들
그리고 흔들리던 날들을 통해 얻은 작은 깨달음들….

이 책은 그런 변화들을
나누고 싶어 쓰기 시작했다.

거창한 답을 하려고 애쓰기보다
그저 누군가 이 책을 펼치는 순간
"나만 그런 게 아니었구나!"
마음에 그 하나라도 가닿으면 좋겠다.

이건 완성된 이야기가 아니라

여전히 만들어지고 있는 '나'의 기록이다.

지금 이 시간을 살아가는 한 사람의 솔직한 이야기를

조용히 건네본다.

이경환

차례

2장

나를 빚어가는 시간

3장

나를 태우는 시간

1장

나를 마주하는 시간

어떤 흙을 만지느냐보다, 어떤 마음으로 만지느냐가 더 중요
하다. 마음이 흐트러진 날은 흙도 이상하게 말을 안 듣는다.
그렇게 나는, 흙을 빚으면서 나를 다독이는 법을 배웠다.

내가 만든 컵이 찌그러졌는데,
좋았다

흙을 얹고, 물레를 돌렸다.
손가락 사이를 스치는 촉감이
아직 익숙하지 않을 때였다.
형태가 조금 잡히는가 싶더니, 한순간 중심이 흔들렸다.
입구는 울퉁불퉁해지고, 벽면은 찌그러졌다.
무너질까 봐 손을 멈췄다.

그런데 이상하게,
그 컵이 마음에 들었다.

딱 떨어지지 않는 모양.
불안정하게 비틀린 선.
그런데 그게, 왠지 나 같았다.

세상이 정해놓은 '방향'이 아니라
울퉁불퉁하게 나아가고 싶은 마음.
누군가는 그걸 틀렸다고 말할지 모르지만,
나는 그 컵에서 처음으로
'틀려도 괜찮은 모양이 있다'는 걸 배웠다.

생각해보면, 내 인생도 그랬다.
계획대로 흘러가지 않았고,
중간에 몇 번씩 비틀어졌으며,
어쩔 땐 아예 처음부터 다시 빚어야 했다.

하지만 그때그때의 선택들 덕분에
지금의 내가 있다.

지금의 나는 그 모든 비틀림 위에 서 있다.
흠집이 남은 자리마다 다른 흙들이 붙었고,
불완전했던 과정들이 지금의 나를 만들었다.

나는 지금도
그 찌그러진 컵을 책상 위에 올려두고 있다.
내가 처음 나를 이해했던 순간이 담긴 컵.
흠집 난 그릇 안에 처음으로
내 마음이 담겼던 그날처럼.

버리지 못한 이유

어느 날, 오래된 그릇 하나를 꺼냈다.
눈에 띄게 기울어져 있고, 유약도 얼룩졌고,
바닥엔 깨질 뻔한 자국이 있다.
그때 만든 거였다.
지금의 기준으로 보면 분명 실패작인데
이상하게도 버릴 수가 없었다.

이유는 알 수 없지만, 그 그릇을 볼 때면
그 시절의 감정이 함께 떠올랐다.

지금은 잊은 줄 알았던 마음인데
그때 그 시기엔 누군가를 좋아하며 부단히 애썼고,
쉽게 실망했고, 괜스레 기대했다.

그런 나 자신이 자꾸 겹쳐 보였다.

그 사람이 아니라,
그 사람을 좋아하던 내 마음이 오래 남았다.
조금은 서툴고, 많이 애쓰던 그때의 내가.

사람도 그렇고, 그릇도 그렇다.

완벽해서 남는 게 아니라

그 안에 얼마나 많은 감정이 담겨 있는지가

그것을 버릴 수 없는 이유가 된다.

지금도 그 그릇을 마주할 때마다

누구보다 애쓰던 내가 떠오른다.

이제 별일 아니라고, 다 지난 일이라고 여기지만

괜히 다시 보게 된다.

좋아서가 아니라

그 안에 내가 너무 많이 담겨 있어서.

나는 불안할 때

불안은 나한테 일종의 신호다.
멈추지 말라는,
방향을 다시 묻는 감각 같은 것.
아마 불안하지 않았다면
나는 그대로 멈춰 있었을지도 모른다.

완전히 지울 수는 없지만,
이젠 이 감정이 싫지 않다.
불안은 나를 흔들지만,
결국 그 흔들림이
내 모양을 조금 더 다듬어주는 것 같다.

나는 자주 불안하다.

그게 꼭 나쁜 것만은 아니라고,

이제는 조금씩 생각하게 되었다.

불안한 순간엔 늘 마음이 시끄럽다.

지금 이게 맞는 건지, 괜찮은 건지.

그럴 때 나는 가만히 있지 않는다.

손에 흙을 쥐고 물레를 돌리며

뭔가를 만든다.

그게 내 마음을 가장 정확하게 살피는 방법이니까.

예전엔 불안을 없애고 싶었다.

아무렇지 않은 듯 살고 싶었다.

그런데 어느 날부터 생각이 바뀌었다.

돌아보면,

내가 조금씩 성장했던 시기는

항상 불안할 때였다.

확신이 없어서 더 고민했고,

답을 모르니까 더 많이 시도했다.

불안해서 도망친 게 아니라

불안해서 끊임없이 움직였다.

아마도 그게, 지금의 나를 만든 것 같다.

불안은 나한테 일종의 신호다.

멈추지 말라는,

방향을 다시 묻는 감각 같은 것.

어쩌면 불안하지 않았다면

나는 그대로 멈춰 있었을지도 모른다.

말끔히 지울 수 없더라도,

이젠 이 감정이 싫지만은 않다.

불안은 나를 흔들지만,

결국 그 흔들림이

내 모양을 조금 더 다듬어주니까.

말 없는 사람이
진심일 때

예전엔 말을 잘하는 사람이 멋있어 보였다.

분위기를 띄우고, 할 말을 정확히 던지고,

어떤 자리에 있어도 자연스럽게 녹아드는 사람.

나도 그런 사람이 되고 싶었다.

하지만 마음처럼 되지 않았다.

나는 말수가 적은 편이었다.

머릿속엔 하고 싶은 말이 있는데,

입 밖으로 꺼내려면 꼭 한 박자씩 늦었다.

그래서 말을 아끼는 사람이 됐고,

결국은 말이 없는 사람이라는 이름이 붙었다.

한동안 그게 단점인 줄 알았다.

무뚝뚝해 보일까 봐, 오해받을까 봐

그래서 일부러 말을 섞고,

내 감정을 억지로 다듬어 꺼내던 때도 있었다.

나중에 알게 되었다.

말이 없다고 해서 마음까지 없는 건 아니란 걸.
오히려 말없이 옆에 있어주는 사람이
진심일 때가 많다는 걸.

가장 불안했던 시절에
내 옆을 지켜준 사람들은
많은 말을 건네지 않았다.
그저 묵묵히 곁을 지켜주었다.

그게 전부였다.
그런데도 그 따뜻함은
오래오래 기억에 남았다.

이제는 말이 없는 사람을 보면,
그 안에 감춰진 마음의 크기를
함부로 가늠하지 않는다.

그리고 나도 가끔은
말 대신 온도로 전하고 싶을 때가 있다.

다 표현하지 않아도 괜찮은 감정들이 있다는 걸
조금씩 배우는 중이다.

"왜?"보다

"그랬구나"가 나았구나

나는 원래 '이해'를 중요하게 생각하는 사람이었다.

일이든 사람이든 상황이든

무조건 원인을 먼저 파악하고 싶었다.

왜 그렇게 됐고, 왜 그런 선택을 했는지,

왜 저렇게 말했는지.

그래야 이해가 갔다.

너무 T 같은 발상인가.

문제가 생기면 분석했고,

사람 사이의 오해도 대화를 통해

'논리적으로' 풀려고 했다.

감정은 언제나 그다음이었다.

그런데 어느 순간부터 그게 벽이 되었다.

상대가 말하지 못한 이유보다

'왜 안 했는지'를 먼저 따지는 나.

나 자신에게도 "왜 이러지?"를 되뇌며

스스로를 더 지치게 만들던 나.

그때는 몰랐다.

'왜?'라는 질문이

때론 위로보다 상처가 될 수도 있다는 걸.

시간이 좀 지나고 나서야 알았다.

사람은 이유가 있어서 힘든 게 아니라,

그냥 힘들 때도 있다는 걸. 나도 그랬다.

이유 없이 불안했고, 끝내 말하지 못한 채 버텼고,

'이해받고 싶다'는 마음 하나로

하루를 건디던 때가 있었다.

그때 내게 필요했던 건

논리도, 분석도, 조언도 아니었다.

그저 "아, 그랬구나." 그 말 한마디였다.

지금은 그걸 조금 알게 되었다.

누군가의 복잡한 말 앞에서도

굳이 '왜?'를 찾지 않고,

그저 "그랬구나"라고 말할 수 있는 여유.

그리고 나 자신에게도 그렇게 해주기.

이해되지 않는 순간이 와도,

"그랬구나" 하고 한 번쯤 그냥 넘어가 주기.

모든 걸 이해하지 못해도,

삶은 이상하게 계속 흘러간다.

그리고 때로는 그 속에서 내가 조금 더 단단해진다.

바닥에 있을 때가
단단했다

무너져 내린 순간들이 있었다.

일도, 사람도, 감정도

무엇 하나 뜻대로 되지 않던 그 때.

자기비판이 일상이었고,

침대에 누운 채로 하루를 끝내던 날들도 있었다.

그때는 그냥,

무기력하고, 아무런 의욕이 없었다.

잘하고 싶은 마음은 있었지만,

몸도 마음도 도무지 따라주질 않았다.

그 속에 있을 땐 아무 말도 들리지 않는다.

누가 뭐라고 해도 마음에 와닿지 않고,

괜찮아질 거라는 말은

아주 먼 곳에서 들려오는 소리처럼 느껴졌다.

그냥 그렇게 하루가 흘러가고,

다음 날도 똑같이 반복되었다.

아무 일도 일어나지 않는데
매일이 무너져 내리는 느낌이었다.

나중에야 알게 되었다.

그 시기를 버텨낸 것은,
내가 뭘 특별히 잘해서가 아니라
그냥 살아 있었기 때문이라는 걸.
그 시절의 나는 기특하게도,
포기를 하지 않았다.

다시 올라오겠다는 마음이 생긴 것도,
누가 도와줘서가 아니라
그냥 더는 그대로 있고 싶지 않았기 때문이었다.

생각해보면
그 바닥에서 나는
가장 정직하게 나와 마주했다.

바닥은 끝이 아니었고,

숨 고르면서 쉴 수 있는 자리였다.

거기서부터 진짜 다시 시작되었다.

너무 많이 이해하면

내가 없어진다

나는 원래, 사람들에게 깊은 관심을 두는 편이 아니다.
가까운 사이가 아니라면, 굳이 그 사람의 감정까지
헤아리며 따라가진 않는다.

그래도 겉으로는 늘 괜찮은 사람이어야 할 것 같았다.
상대를 이해하려고 노력하는 게 배려라고 생각했고,
그렇게 살아야 하는 줄 알았다.

한동안은 상대의 입장을 먼저 떠올리고,
무슨 마음이었을까 곰곰이 되새겨보았다.
굳이 애쓰는 티가 나지 않게 조심조심 반응했다.

하지만 시간이 지날수록 나는 점점 지쳐갔다.

상대의 감정을 먼저 헤아리느라
내 감정은 뒤로 미뤘고,
언제부턴가 내가 뭘 참고 있는지도 모를 만큼
무뎌져 있었다.

어느 날은 이해하려 애쓰는 내 모습이
내 진심과 멀어져 있다는 걸 알아차렸다.
그때부터 생각을 바꾸었다.

나는 모든 사람에게 좋은 사람이 되고 싶진 않다.
진짜 소중한 몇몇 사람들과 편안하고 단단한 관계를
이어가는 것이 더 중요하다.

이제는 내 중심을 지키자는 마음으로 살아간다.
그렇다고 타인에 대한 배려까지 포기한 건 아니다.

그냥 모든 걸 이해하려 하지 않고, 굳이 해석하지
않아도 되는 사람들과 시간을 보낸다.

나는 이제 안다. 사람 사이의 선을 지키는 것이
더 건강한 마음이라는 걸.

손끝에 남은 온도

흙을 처음 만졌을 때,

손끝에서 낯선 기운이 오래 맴돌았다.

매끄럽지 않은 오돌토돌함, 그 안에 남은 묘한 온기.

뭐라고 꼭 집어 설명하기 어렵지만, 묘하게 사로잡혔다.

나는 늘 생각이 많은 사람이었다.

무언가를 시작하기 전에 항상 머릿속으로

백 번쯤 그려봤다. 이유를 따지고 또 따지다,

결국 시작조차 하지 못한 날도 많았다.

그런데 흙은 달랐다.

생각보다 먼저 촉감이 나를 움직였다.

머리가 아니라 손끝이 먼저 반응했다.

그 순간, 잡지 않았다면 영영 몰랐을 감정이었다.

지금도 가끔 그 첫 온도를 떠올린다.

머리로 따지기보다, 몸이 먼저 반응하던 순간.

그때 느낀 손끝의 온기가, 지금껏 나를

움직이게 하는 시작이었다.

처음 만든 그릇의 기억

나를 마주하는 시간

처음 만든 컵은 누가 봐도 형편없었다.
벽은 울퉁불퉁했고, 입구는 삐뚤었으며,
바닥은 두껍기만 했다.
물을 담아도 금세 새버렸다.
쓰임도 없고, 모양도 이상했다.

그런데도 이상하게 버릴 수가 없었다.
책상 위에 올려두고 한참을 바라보곤 했다.
그 안에는 내 흔적이 그대로 남아 있었기 때문이다.
흙이 무너지고, 중심을 잃고, 손가락 자국이 남던
과정이 그 컵 안에 고스란히 담겨 있었다.

사람들은 결과만 보지만, 나는 그 과정 전체를
기억하고 있었다. 삐뚤어진 그 모양은
실패작이 아니라, 처음으로 내가 만든 결과였다.

그건 부족함이 아니라 시작의 증거였다.

나는 지금도 그 컵을 가지고 있다.

쓸모는 없지만, 내겐 특별한 의미가 있다.

완벽하지 않아도 괜찮다는 것,

흠집조차도 나를 설명해줄 수 있다는 것.

그 컵은 지금도 조용히 내게 그 사실을 말해준다.

나는 왜

이 길을 택했을까

가끔 이런 질문을 받는다.

"왜 도예를 시작했어요?"

사실 거창한 이유는 없다.

누구나 감탄할 만한 스토리가 있다면 좋겠지만,

내겐 없다. 그냥 끌렸다. 재미있어 보였다.

어느 날 우연히 내 손은 망원동의

작은 작업실에서 흙을 만지고 있었다.

그때는 앞으로 이 길을 걷게 될 줄 전혀 몰랐다.

그저 그 순간 흙에만 집중하며 하루를 보냈다.

그런데 이상하게 날마다 발걸음이 그곳으로 향했다.

처음엔 흙을 만지는 시간이 하루의 쉼표이자

시작 같았다. 조용히 앉아 물레를 돌리고 있으면,

머릿속이 비워지고 마음이 단단해졌다.

그 과정이 쌓이면서 어느 순간,

'이게 그냥 취미는 아니구나' 하는 걸 알았다.

시간이 지나고 나니 확실해졌다.

시작의 이유보다 훨씬 중요한 건, 그 길 위에서
내가 어떻게 변화했는지라는 것이다.
흙을 만지는 동안 나는 기다리는 법을 배웠고,
무너진 자리에서 다시 시작하는 법도 익혔다.
완벽하지 않아도 괜찮다는 것도,
천천히 쌓이고 쌓여 결국 단단해진다는 것도.

나는 여전히 '왜 이 길을 택했는가'라는 질문에
딱 맞는 답을 내놓지는 못한다. 하지만 지금의 나는,
그 우연한 시작 위에 쌓인 수많은 시간의 결과물이다.
그리고 어쩌면 그게, 내가 이 일을 계속하는
가장 확실한 이유일지 모른다.

불편함을 견디는 법

흙은 쉽게 마음을 주지 않는다.
조금만 서두르면 금세 무너지고,
힘이 지나치면 쉽게 찢어진다.

처음엔 참 답답했다. 내가 원하는 모양대로
나오지 않았고, 조금만 삐끗해도 처음부터
다시 해야 했다.
온통 불편함투성이인 과정 같았다.

그런데 이상하게도, 끝까지 붙잡아본 날은 달랐다.
불편함을 버틴 만큼, 작은 성취가 따라왔다.
"아, 그래도 오늘은 여기까지 왔구나."
그 감각이 오래 남았다.

나는 늘 불편함을 피하고 싶은 사람이었다.
하지만 흙은 나를 그 앞에 세워두었다.
견디고 나서야 알 수 있는 작은 힘.
그 힘이 지금의 나를 붙잡아주고 있다.

나를 가장 많이 닮은
그릇

흠집이 있어도 여전히 쓰임이 있고,
모양이 삐뚤어도 충분히 제 역할을 한다.
내 삶도 그렇다. 부족한 부분이 많지만,
그 흠집 하나하나가 지금의 나를 이루고 있다.

내가 만든 그릇 중 가장 마음이 가는 건
완벽한 모양의 것이 아니다. 오히려
조금 기울고, 표면에 흠집이 남은 그릇이다.

쓰임새도 좋지 않고, 남에게 선물하기에도
애매한 그 그릇이 이상하게 오래 마음에 남는다.
손에 잡힐 때마다, 괜히 정이 간다.
볼 때마다 나를 닮은 것 같다.

흠집이 있어도 여전히 쓰임이 있고,
모양이 삐뚤어도 충분히 제 역할을 한다.
내 삶도 그렇다. 부족한 부분이 많지만,
그 흠집 하나하나가 지금의 나를 이루고 있다.

완벽하지 않아서 버려지는 게 아니라,
불완전하기에 오히려 내 이야기를 더 품고 있다.
그건 그릇뿐 아니라, 사람도 마찬가지다.

흙과의 대화

흙은 말이 없지만 늘 대답을 한다.

내가 급하면 금세 무너지고, 내가 차분하면

조금씩 모양을 따라온다.

물레 위에서 흙과 씨름할 때면

마치 내 마음을 그대로 비추는 거울과 같다.

조급함, 불안, 들뜸. 내 마음 상태를

흙이 가장 먼저 보여준다.

흙을 만지는 시간은 결국 내 마음을

확인하는 시간이다. 흙은 내가 숨기려는 것도,

억누르려는 것도 그대로 드러낸다.

그 앞에서 나는 도저히 거짓말을 할 수 없다.

처음엔 참으로 불편했다. 내가 애써 감추던

서투름과 조급함이 그대로 드러나는 것 같았으니까.

시간이 지나면서 알게 되었다. 감추지 않아도

괜찮은 순간이 있다는 걸.

서툴러도, 모양이 어설퍼도

있는 그대로 받아들여지는 때가 있다는 걸.

돌아보면 그 시간이 내게는 큰 위로였다.

누군가에게 설명하지 않아도 되고,

잘 해내지 않아도 괜찮았던 시간.

그 덕분에 나는 조금씩 편안해질 수 있었다.

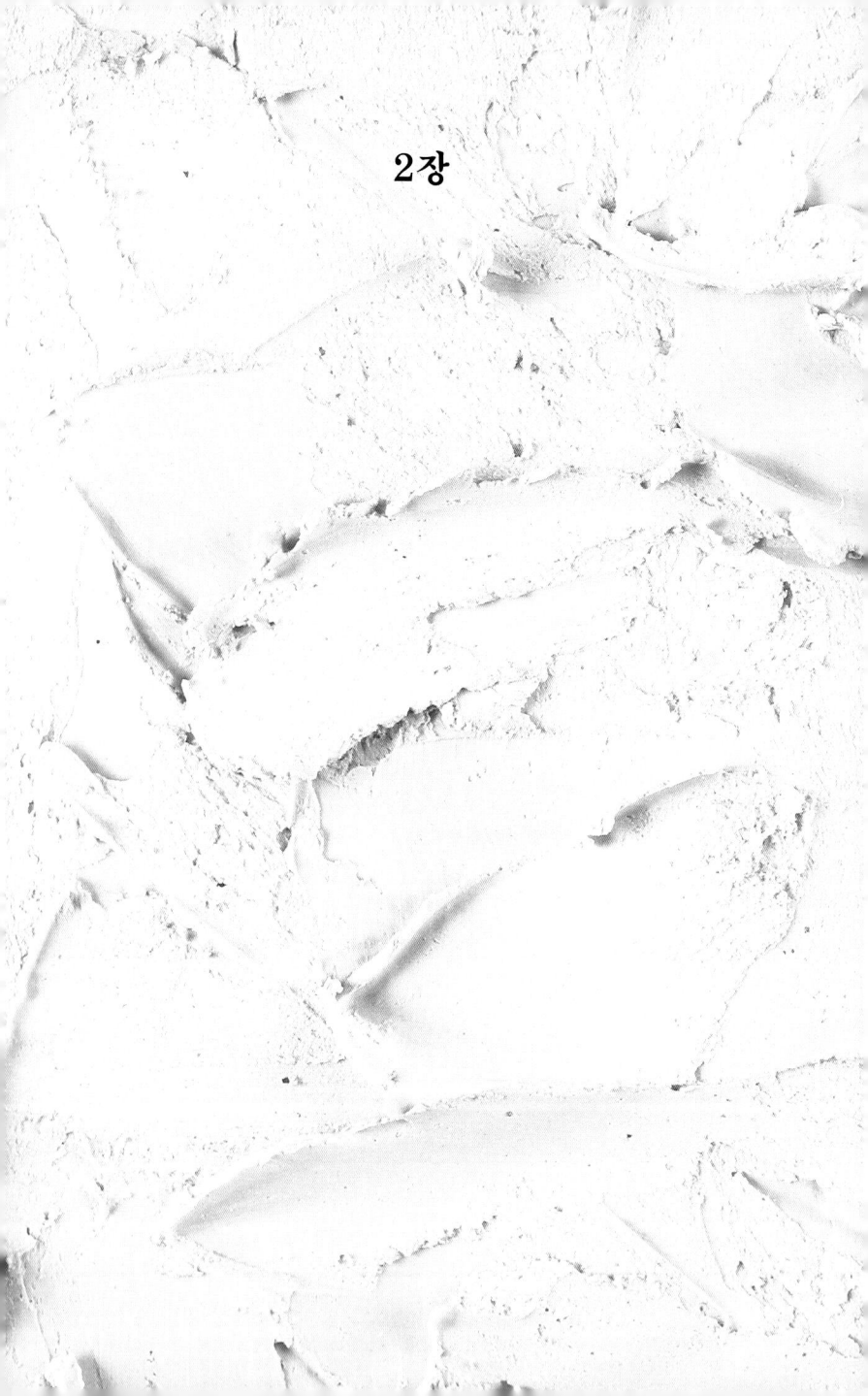

2장

나를 빚어가는 시간

물레 위에서 모양을 잡고, 건조하는 시간. 물레는 멈춰 있지
않다. 나도 그렇다. 누구보다 조용히, 하지만 계속 돌고 있는
중이다. 내가 원하는 모양은 무엇인지, 스스로에게 묻는 시간.

불안하세요

지금도 나는
불안할 때, 조금 더 앞으로 나아간다.
흔들리면서도 다시 중심을 찾아가는 그 과정이,
나를 빚는다.

불안은 늘 갑작스럽게 찾아온다.
어떤 날은 '이번엔 꼭 잘해야 한다'는 마음 때문에
아침부터 가슴이 조여오고,

또 어떤 날은
딱히 특별한 이유 없이 마음이 불편하고 예민해진다.

처음엔 그 감정이 싫어서

대충 넘기거나 억지로 생각을 바꿔보려 애썼다.
"괜찮아질 거야", "별일 아니야" 하면서.

그런데 불안을 피하려고만 했을 때는
아무것도 달라지지 않았다.
오히려 정면으로 마주하고, 그 안에 잠깐 머물렀을 때
비로소 감정이 조금씩 변하기 시작했다.

불안할수록 더 집중했고, 불안할수록
더 단단히 준비했다.

불안은 나를 괴롭히는 감정이 아니라,

내가 진정으로 소중히 여기는 것을 알려주는 신호였다.

그러고 보니 내가 가장 불안했을 때,

그때야말로 내가 제일 열심히 살았던 순간이었다.

그래서 이제는

불안을 마냥 미워하지 않는다.

그건 어쩌면

'지금 나한테 소중한 게 있다는 신호'니까.

지금도 나는

불안할 때, 조금 더 앞으로 나아간다.

흔들리면서도 다시 중심을 찾아가는 그 과정이,

나를 빚는다.

나를 빛어가는 시간

부딪혀봐야

알게 되는 것들

해보지 않았을 땐 몰랐다.

그 감정이 어떤 건지.

그만두지 않고 끝까지 가봤을 때에만

느낄 수 있는 게 있다는 걸.

가끔은, 내가 왜 이걸 하고 있는지도 모르겠고

내가 뭘 위해 버티고 있는지도 헷갈렸다.

남들은 다 괜찮은 것처럼 보여서

괜히 더 작아지기도 했다.

그래도 계속 걸었다.

어디로 향하는지 알 수 없었지만.

어쨌든 '끝'이라고 느껴질 때까지는 가보고 싶었다.

그제야 보였다.

비로소 이해되는 감정들.

넘어가 봐야 알 수 있었던 것들.

그제야 느껴졌다.

티 안 나게 버틴 날들 덕분에 그만큼의 내가 쌓여 있었다.

누구의 기준에도

맞추지 않기로 했다

나는 이상하게, 누군가가 '이건 이렇게 해야 해'라고 말하면
일부러 더 다른 길로 가보고 싶어졌다.

틀리더라도, 직접 해봐야만 납득이 가는 성격이었다.
그러다 보니, 남들이 다 좋다고 하는 길도
나한텐 별로일 때가 많았다.

어떤 건 해보기도 전에 마음이 끌리지 않았고,
어떤 건 해보다가도 금세 내 것이 아니란 걸 알았다.

그럴 땐 굳이 억지로 이어가지 않았다.
남들 기준에 잘하고 있다 해도
내 기준에 안 맞으면 거기까지였다.

그게 예전엔 내게 큰 고민이었다.
'내가 너무 이기적인 건 아닐까?' 하는 생각도 들었다.
'이래도 괜찮은 걸까?' 싶기도 했다.

그런데 이제는 안다.

그러한 선택 하나하나가 모여서

지금의 나를 만들었다는 걸.

누구의 기준에도 딱 맞아떨어지진 않지만

그게 오히려 나만의 확실한 기준이 되었다.

익숙한 게
좋은 건 아니다

늘 가던 길을 걸을 때는 아무 생각이 없다.

발이 먼저 알아서 움직이고,

길도, 표정도, 감정도 익숙한 흐름에 따라 흘러간다.

처음엔 그게 편했다.

생각할 필요 없고, 애쓸 필요도 없다.

그냥 그렇게 살아도 별일은 없었다.

그런데 어느 순간부터 답답함이 밀려왔다.

'이게 맞는 건가?' 보다는

'이게 전부인가?' 라는 생각이 자꾸 들었다.

익숙한 감정, 익숙한 관계, 익숙한 하루.

편한 줄 알았는데,

그 안에서 나는 조금씩 무뎌지고 있었다.

그 사실을 깨달은 순간, 익숙한 길에서 빠져나와

낯선 길을 걸었다.

새로운 일을 시작한다는 건 늘 다시 배우고,

어설픔을 견뎌야 하는 일이었지만,

그 안에서만 나는 비로소 '살아 있다'는 느낌을 받았다.

편안함이 아니라 나를 자라게 하는 쪽으로

몸을 움직여야 한다고 생각했다.

익숙한 게 나쁜 건 아니다.

다만, 거기에 너무 오래 머물면

내가 왜 거기 있는지도 잊어버린다.

매일이 같아 보여도

다르다

하루하루가 비슷해 보일 때가 있다.

운동으로 하루를 시작하는 것도 비슷하고,
스튜디오를 나와 물레를 돌리는 일도,
가는 길도, 마시는 커피도, 책을 읽는 일도
전날과 다를 바 없다.

그런데 어느 날,
아주 사소한 변화 하나가 눈에 띄었다.

어제는 짜증 났던 일이
오늘은 그냥 지나갈 수 있었고,
계속 망설이던 일을
별생각 없이 시작해버리기도 했다.

그건 분명,
말은 안 해도 내가 조금씩 달라지고 있다는 신호였다.

매일이 비슷해 보여도

어떤 일에는 예전보다 덜 흔들리고,

망설이던 일엔 한 걸음 더 쉽게 다가갈 수 있었다.

크게 티 나진 않아도

내가 반응하는 방식이,

선택하는 기준이,

조금씩 바뀌고 있었다.

그 변화는

늘 같은 하루 속에서

조용히 자라나는 나만의 결이었다.

잘못된 선택도 결국

길이었다

나를 빛내가는 시간

그땐 정말 잘못된 선택이라고 생각했다.

멀리 돌아가는 길이었고,

애써 잡은 기회를 놓쳐버린 것 같기도 했다.

시간도 허비한 것 같았고,

괜히 자존심도 구겨졌다.

'그땐 왜 그랬을까' 싶은 생각이 계속 맴돌았다.

하지만 한참의 시간이 흐른 뒤에야

그 모든 선택이

결국 지금의 나로 이끈 길이었다는 걸 깨달았다.

실패였다고 생각한 순간이

나한테는 가장 많이 배운 시간이었고,

돌아갔다고 생각한 길에서

오히려 중요한 사람들을 만났고,

예상치 못한 방향으로

새로운 기회가 열렸다.

그때는 잘못된 선택이라고 여겼던 것들이
지금은 내 길을 만든 재료가 되어 있었다.

생각해보면
완벽한 선택은 없다.

다만,
그때의 나에게 최선이었는지,
그걸 후회 없이 받아들였는지가 더 중요했다.
그 과정이 중요하다고 생각한다.

지금 나는 수많은 비탈길과 갈림길 한가운데 서 있다.

두렵고 불안하지만, 설렌다.

혼자 있는 시간에 느낀
성장

혼자 있는 게 처음엔 익숙하지 않았다.
조용하면 불안이 찾아와
누군가에게 전화를 걸어 약속이라도
잡아야 할 것 같았다.

하지만 억지로 바쁘게 지낼수록 정작 중요한 감정은
제대로 마주하지 못했다는 걸 깨달았다.

그래서 잠시 멈췄다.
사람들 틈에서 조금 비켜 나와 소란을 끄고
나만의 리듬을 찾아보기로 했다.

그때부터였다.
혼자 있는 시간 속에서
조금씩 내가 단단해지고 있음을 느끼기 시작한 건.

아무 말 없이 나 자신과 대화하고, 어디에도 휩쓸리지
않는 기준을 만들어가고,
그날의 기분을 알아채고 묵묵히 받아들이는 연습.

누구에게 보이기 위한 하루가 아니라
'내가 중심에 있는 하루'를 살아가기 시작했다.

혼자 있는 시간은 생각보다 깊고 조용했지만,
내 안의 공간을 넓혀주는 소중한 시간이었다.

예전엔 외로워서였지만,
지금은 필요해서 혼자 있는 시간을 선택한다.

타인을 대하는
기준이 생겼다

예전에는

누가 나한테 서운하다고 하면

'내가 뭘 잘못했지?'부터 생각했다.

딱히 틀린 말은 하지 않았어도

괜히 내가 부족한 것 같고,

상대가 나를 어떻게 볼까가 먼저 떠올랐다.

내가 말한 의도보다

상대가 느낀 감정이 더 중요해 보였고,

그래서 자꾸 설명하고,

억지로라도 이해하려 들었다.

가까운 사이라면 모를까,

그렇게까지 신경 쓰지 않아도 되는 관계였지만

괜히 머릿속에 오래 남았다.

그게 배려인 줄 알았지만,

생각해보면 굳이 그렇게까지 애쓰지 않아도 되었다.

그래서 기준을 만들기 시작했다.

'과연 이 사람은, 내 감정까지 써가며 이해해야 할
존재일까?'

이렇게 기준을 세우고 나니까
관계가 훨씬 덜 소모적이게 되었다.

내가 나쁜 사람이 되는 게 무서워서
계속 붙잡던 말들과 사람들을
이제는 편하게 내려놓을 수 있었다.

타인을 대하는 기준은
관계를 끊는 것이 아니라,
나를 지키는 경계이자 내 삶의 기둥을 세워가는
일임을 깨닫게 되었다.

중심을 잡는 연습

물레 위에서 가장 먼저 배워야 하는 건
멋진 모양을 만드는 일이 아니라, 중심 잡기다.
중심이 흔들리면 아무리 정교하게 빚어도
결국 무너진다. 처음에는 무척 어려웠다.
손이 따라가지 못해 컵 모양은 자꾸 일그러졌고,
억지로 세우려 해도 기울어진 바닥은
끝내 균형을 잡지 못했다.

몇 번을 무너뜨리고 나서야 알았다.
중심이 바로 서지 않으면 모든 게 의미 없다는 것을.

삶도 그렇다. 겉으로 멀쩡해 보이려 애써도,
안쪽이 흔들리면 금방 드러난다.
내가 어디에 서 있는지, 무엇을 붙잡고 있는지,
그게 결국 기준이 된다.
중심을 세우는 일은 한 번으로 끝나지 않는다.
흙을 만질 때마다, 그리고 삶의 한가운데서도
늘 다시 잡아야 하는 연습이다.

내가 만든 기준

남의 기준에 맞춰 만든 건 오래가지 않지만,
내가 세운 기준은 나를 끝까지 지탱해준다.

나는 오랫동안 남의 기준에 맞춰 살아왔다.

칭찬을 받으면 기뻤고, 비교에서 뒤처지면

금세 불안해졌다. 그럴수록 더 열심히 맞추려 애썼다.

그러다 보니 정작 내가 진정으로

원하는 게 무엇인지 점차 흐려져 갔다.

이것이 정말 내가 선택한 삶인가,

아니면 누군가에게 괜찮아 보이기 위한 삶인가.

헷갈릴 때가 많았다.

그러다 어느 순간 문득 멈춰 서게 되었다.

남들 눈에는 괜찮아 보였지만,

정작 나는 점점 지쳐가고 있었다.

그때 처음으로 스스로에게 물었다.

'나는 지금 어디를 향해 가고 있지?'

그 질문은 작은 전환점이 되었다.

지금은 조금 다르다.

결과보다 과정을 보고, 속도보다 방향을 본다.

남들이 정해놓은 기준보다

내가 만든 기준을 먼저 생각한다.

잘했는지 아닌지는 이제 내 안에서 확인한다.

물레 위에서도 그렇다. 흙이 흔들리더라도

내가 원하는 모양이 있으면 그 모양에 집중한다.

남의 시선이 아닌 내 기준에 맞춰 살아가는 것,

그게 나를 조금 더 단단하게 만든다.

남의 기준에 맞춰 만든 건 오래가지 않지만,

내가 세운 기준은 나를 끝까지 지탱해준다.

작은 습관이 만든
차이

나는 새벽에 일어난다.

눈을 뜨자마자 몸을 씻고 밖으로 나선다.

몇 년째 이어온 나만의 루틴이다.

매일 같은 시간에 운동하고, 하루에 몇 줄이라도

글을 쓰고, 한 페이지라도 책을 읽고, 흙을 만진다.

그날 하루만 보면 티가 나지 않는다.

오늘을 건너뛴다고 금세 무너지는 것도 아니다.

하지만 이상하게도, 그 습관이 오래 쌓이자

모든 것이 달라졌다.

몸이, 마음이, 그리고 내가 하는 일의 결이

조금씩 스며들 듯 새로워졌다.

습관은 눈에 잘 띄지 않는다.

큰 변화처럼 보이지도 않는다. 하지만 돌아보면,

가장 큰 변화를 만들어온 건 언제나 작은 습관이었다.

내가 매일 선택한 그 사소한 반복이

결국 지금의 나를 빚어왔다.

습관은 조용하지만, 가장 오래 남는 힘이다.

다시 시작해도
괜찮다

흙은 쉽게 무너진다. 손끝이 살짝만 흔들려도
힘이 지나쳐 금세 허물어진다. 그래서 처음부터
다시 해야 할 때가 많았다. 그때마다 허탈했고,
애써 쌓아 올린 노력이 안타까웠다.

그렇다고 흙을 버리지는 않는다.
무너진 흙은 곧바로 다시 쓸 수 없다.
너무 질면 펴서 말려주고, 너무 마르면 물을 적셔
잠시 두어야 한다. 그렇게 수분 균형을 맞출 때까지
그저 묵묵히 기다려야 한다.

때로는 새로운 흙을 섞어야 다시 힘이 난다.
정성스레 반죽하고 다듬는 토련의 과정을 거쳐야
다시 물레 위에 오를 준비가 된다.

삶도 그렇다.
무너졌다고 해서 바로 다시 일어설 수는 없다.
시간을 두고 마음을 다독이며 때로는
새로운 경험과 사람을 더해야만 비로소

다시 걸어갈 힘이 생긴다.

돌아보면 그 시간들이 헛되지 않았다.

무너짐 속에서 배우는 건 다시 일어서는 힘,

더 단단해지는 결이었다.

다시 시작한다고 해서 뒤처지는 건 아니었다.

오히려 그 과정이 있었기에

나는 더 오래 버틸 수 있는 사람이 되었다.

내가 할 수 있는 만큼만

한 번에 너무 많은 걸 하려다 지쳐버린 적이 있다.
욕심은 앞섰고, 몸과 마음은 따라오지 못했다.
결국 아무것도 끝내지 못한 채 무너졌다.

그때 비로소 알게 되었다.
내가 감당할 수 있는 만큼만 해도 충분하다는 것을.

남과 비교하며 "더, 더, 더"를 외치기보다
내 속도에 맞춰 걸어가는 길이야말로 가장 멀리,
가장 오래 갈 수 있는 길이었다.
물레 위의 흙도 그렇다. 힘을 과하게 주면
균형이 흐트러지고, 너무 세게 당기면 모양이 무너진다.
내가 줄 수 있는 만큼만, 내가 감당할 만큼의 힘만
주는 게 흙을 지키는 방법이었다.

삶도 다르지 않다. 한 번에 완벽하게 하려고
애쓰기보다, 내가 할 수 있는 만큼을 다하는 것.
그게 결국 더 단단하고 오래가는 길이라는 걸
조금씩 배워가고 있다.

완벽하지 않아도 된다

스튜디오에서 물레를 돌리는 수강생들을 보면,

대부분 그릇이 처음엔 삐뚤다.

표면이 매끄럽지 않고, 비율이 어긋나기도 한다.

그런데도 여전히 쓰임이 있다.

물을 담고, 꽃을 꽂고, 밥을 담을 수 있다.

삶도 마찬가지다.

모난 부분이 있어도 충분히 가치가 있다.

완벽하지 않아도 괜찮다.

흠집은 부끄러움이 아니라, 내가 살아온 흔적이다.

완벽한 모양보다,

흠집을 안고도 여전히 제 역할을 하는 그릇이

더 오래 남는다.

그건 사람도 마찬가지다.

3장

나를 태우는 시간

가마 속에서 구워지고, 유약을 입히는 시간. 뜨거운 시간을
견딘다는 건, 내가 진짜 원하는 걸 포기하지 않는다는 뜻이
기도 하다. 불안, 표현, 관계… 이 모든 걸 통과해야 비로소
단단해진다.

말하지 않아도 통할 거라는 믿음은,
결국 환상이다

가끔 그런 기대를 했다.
군이 설명하지 않아도,
내 표정만 봐도,
말 안 해도 알아줄 거라는.

특히 가까운 사람일수록 더 그랬다.
'군이 말 안 해도 느끼지 않을까?'
하지만 돌아보면,
그건 내가 만든 환상이었다.

말하지 않으면,
상대는 결코 알 수 없다는 것을
꽤 오랜 시간이 지나고서야 알게 되었다.

그 사람이 내 마음을 몰랐던 게 아니라,
내가 끝내 마음을 열지 않았던 거다.
그땐 너무 서운했는데,
생각해보면 그럴 필요가 없었다.
나는 아무 말도 하지 않았으니까.

나는 마음이 복잡할수록
더 말수가 줄어드는 사람이었다.
오히려 그런 때일수록
표현해야 한다는 걸 배우는 데
꽤 오랜 시간이 걸렸다.

이제야 조금 알게 되었다.
상대가 아무리 나를 이해하고 싶어도
말하지 않으면, 가닿을 수 없다는 걸.

웃는 얼굴 뒤에
감춘 마음

내가 어떤 상태인지
적어도 나만큼은 스스로 알고 있으려 한다.

완벽하게 솔직해지진 못해도,
적어도 '괜찮은 척'은
이젠 자주 하지 않으려 한다.

나는 늘 웃고 지내는 사람이 아니다.

감정이 얼굴에 고스란히 드러나는 편이고,

기분이 안 좋을 땐 웬만하면 말도 하지 않는다.

그런데도 어떤 순간엔

괜히 괜찮은 척할 때가 있었다.

정말 괜찮아서가 아니라

"굳이 말해봤자 달라지겠어?" 하는 마음.

그냥 피곤했고,

상대의 반응까지 감당하고 싶지 않았다.

그래서 아무 일 없는 사람처럼 굴었다.

속은 뒤죽박죽인데

겉은 평온한 척,

딱 그 정도만 보여줬다.

나중엔 그런 내가 답답했다.

말하지 않아서,

아무도 내 마음을 모른다는 사실이

괜히 서운했다.

하지만 생각해보면
내가 먼저 마음을 숨기고 있었다.
나조차 내 진짜 감정이 무엇인지
확실히 모를 때도 있었다.

요즘은 조금 다르다.
다 말하진 않더라도
내가 어떤 상태인지
적어도 나만큼은 스스로 알고 있으려 한다.

완벽하게 솔직해지진 못해도,
적어도 '괜찮은 척'은
이젠 자주 하지 않으려 한다.

감정은 숨긴다고
사라지지 않는다

예전엔 그런 줄 알았다.

감정을 참으면, 언젠간 저절로 사라질 거라고.

말하지 않으면, 지나갈 거라고.

그러나 아니었다.

감정은 숨긴다고 사라지지 않았다.

오히려 더 마음 깊숙이 파고들어

알게 모르게 내 안에 쌓였다.

말 한마디에도

사소한 표정 하나에도

터질 듯이 올라오곤 했다.

그 감정들이 사라진 게 아니라

나도 모르게 눌러둔 채

계속 가지고 다녔던 거다.

그걸 깨닫기까지

제법 오랜 시간이 필요했다.

이젠 조금씩 다르게 해본다.

감정을 무조건 꾹 누르기보단

혼자라도, 나한테라도

이건 불편했고, 이건 아닌 것 같았고,

그렇게 정확하게 짚어보려고 한다.

감정을 무시하면

나중에 이상한 데서 터진다.

엉뚱한 타이밍에,

엉뚱한 사람한테.

그래서 요즘은

애써 외면하지 않으려 한다.

불편한 감정도,

있는 그대로 인정하는 게

오히려 빨리 정리되는 길이라는 것을

경험으로 알게 되었다.

감정을 드러내는 것은

약한 게 아니다.

쌓아두는 것이 오히려 더 위험하다.

조금씩, 덜 무너지는 방식으로

감정 다루는 연습을 하고 있다.

말하지 않아

후회한 적 많다

그 순간엔 말을 아끼는 것이 옳은 선택처럼 느껴졌다.

괜히 분위기를 흐릴까 봐,

상대가 불편해할까 봐.

아니면, 내가 너무 예민해 보일까 봐.

그래서 그냥 삼켰다.

참고 넘겼다.

지나가겠지 싶었다.

나중에 돌아보면,

그때 말을 했어야 했다.

'그 상황에서 왜 가만히 있었지?'

'그 말은 왜 못 했을까?'

뒤늦게 후회가 계속 따라왔다.

지나고 나면 내가 참고 넘긴 그 일이

생각보다 오래 남는다. 말을 삼킨 것이

오히려 상황을 더 얽히게 했고,

결국 나 자신을 더 복잡하게 만들었다.

말을 한다고
모든 게 해결되진 않겠지만,
말하지 않으면
아무것도 바뀌지 않는다.

그래서 전부는 아니더라도
한마디는 꺼내보려고 한다.

지나고 나서 후회하는 감정보다는
말하고 나서 정리되는 감정을
조금 더 믿기로 했다.

진짜 하고 싶은 말은 늘

마지막에 있다

말을 시작할 땐 괜찮다고 한다.

별일 없다고 말하고, 대충 웃으며 넘긴다.

하지만 대화가 길어질수록

조금씩 본심이 새어 나온다.

돌려 말하다가,

다른 얘기 하다가,

마지막 즈음에야

하고 싶었던 한마디가 툭 튀어나온다.

"근데 사실… 그게 좀 신경 쓰였어."

"그 말 듣고, 좀 속상했어."

"나 요즘 좀 버겁더라."

이런 말들은 늘 제일 나중에 나온다.

나는 꺼내기 어려운 말들, 특히

진심에 가까운 말들을 자꾸 미루는 것 같다.

그냥 내 마음을 쉽게 드러내고 싶지 않은 것 같다.

상대가 부담스러워하지 않기를 바라서이기도 하고,

어쩌면 나 스스로도 그 마음이

조금 창피하게 느껴지기 때문일지 모른다.

그래서 요즘은,

말의 순서를 조금 바꿔보려 한다.

진짜 하고 싶은 말부터

먼저 꺼내보는 연습.

생각보다 그게

대화를 훨씬 단단하게 만들어준다.

나를 태우는 시간

말보다는 온도가
기억난다

어떤 말을 들었는지는 기억나지 않는데,
그때 느꼈던 분위기나
상대의 말투와 표정,
공기의 온도 같은 게 오래 남는다.

말보다
그 말이 나올 때의 '느낌'이 더 강하게 기억된다.
무심한 말도
따뜻하게 들린 적이 있었고,
괜찮다는 말도
괜스레 서운하게 들릴 때가 있었다.

그래서 요즘은
말보다 분위기를 먼저 살핀다.
무슨 말을 하느냐보다
어떤 마음으로 말하는지가 더 중요하다고 느낀다.

내가 누군가에게 다가갈 때도
'무슨 말을 해줘야 할까'보다

'어떤 마음으로 곁에 있어야 할까'를 먼저 생각한다.

어떤 위로는

말보다 손 한 번 얹어주는 게 더 낫고,

어떤 상황은

조용히 옆에만 있어줘도 충분했다.

말은 잊히지만

그 순간의 온도는 오래 남는다.

그냥 좋아서 시작한 일인데,
이렇게 됐다

지금도 가끔
나에게 묻곤 한다.
'내가 이걸 좋아하나?'
그 마음이 여전히 살아 있다면,
계속 가도 괜찮다고 스스로에게 말해준다.

처음엔 그냥, 그게 좋았다.

물레를 돌릴 때 손끝에 전해지는 감각,

흙이 내 손을 따라 반응하는 그 느낌.

누구한테 보여주려고 한 것도 아니고,

잘하려고 애쓴 것도 아니었다.

그저 좋아서 했다.

시간 가는 줄 모르고 빠져들었고,

그 순간엔 아무 계산도 없었다.

대신 확실한 건 하나 있었다.

바로 내가 그 시간을

진심으로 좋아하고 있다는 것이었다.

그런 시간이 반복되다 보니,

사람들의 시선이 모이기 시작했고

기회가 찾아오기 시작했고

그렇게 나는 어느새 지금 이 자리까지 와 있었다.

계획한 건 아니지만.

이 길이 내 길이 된 건

그 시작이 '좋아함'이었기 때문인 것 같다.

지금도 가끔

나에게 묻곤 한다.

'내가 이걸 좋아하나?'

그 마음이 여전히 살아 있다면.

계속 가도 괜찮다고 스스로에게 말해준다.

뜨거움 속에서만
배울 수 있는 것들

나는 지금도 여전히 불안하다.
가끔은 또다시 가마 속에 들어간 것처럼
숨 막히는 시간을 버티고 있다.
하지만 이제는 안다.
이 순간이 지나고 나면,
나는 또 다른 강도로 굳어 있을 거라는 걸.

흙은 뜨거운 가마 속의 시간을 견디고 나면 전혀 다른
강도를 가진다.

내 삶에도 그런 순간들이 있었다.
내가 원하지 않았던 시련들, 버거운 관계,
실패한 선택, 한없이 불안했던 시간들.
그땐 왜 나에게 이런 일이 일어나는지 원망스러웠고,
그저 빨리 끝나기만을 바랐다.

하지만 시간이 지나고 보니 알게 되었다.
그 순간들이 결국 나를 단단하게 만들었다는 것을.
편안한 시간에서는 절대 배울 수 없었던 것들,
뜨거운 시간을 견뎌야만 얻을 수 있었던 것들이 있었다.

나는 지금도 여전히 불안하다.
가끔은 또다시 가마 속에 들어간 것처럼
숨 막히는 시간을 버티고 있다. 하지만 이제는 안다.
이 순간이 지나고 나면,
나는 또 다른 강도로 굳어 있을 거라는 걸.

감정을 흘려보내는 법

한동안 나는 감정을 꾹꾹 눌러 담는 사람이었다.

화가 나도 웃고, 서운해도 괜찮다고 했다.

말하지 않고, 억누르면 언젠가는 사라질 줄 알았다.

하지만 감정은 사라지지 않았다.

숨긴 만큼 더 깊이 쌓였고,

엉뚱한 순간에 터져버리곤 했다.

그제야 알았다. 감정은 눌러 담는 게 아니라

흘려보내야 한다는 걸.

흐름을 막으면 썩는다. 흘려보내야

비로소 모든 것이 정리된다.

이제는 혼자 있을 때라도 솔직히 말해본다.

"이건 불편했다." "이건 서운했다." "이건 좋았다."

그렇게 한번 말하고 나면 마음이 조금 가벼워진다.

누구에게 털어놓지 않아도 괜찮다.

적어도 나한테만큼은 숨기지 않는다.

그게 내가 무너지지 않고 버티는 방법이 되었다.

나는 한동안 이렇게 믿었다.
가까운 사람일수록 굳이 말하지 않아도
내 마음을 알 거라고.
말하지 않아도 통할 거라고.

하지만 그건 착각이었다.
내 안에서 감정을 흘려보내는 건 괜찮았다.
그렇다고 해서 상대가
저절로 내 마음을 아는 건 아니었다.
내가 서운했다는 것도, 내가 바랐던 것도,
내가 상처받았다는 것도 말하지 않으면
상대는 알지 못했다.

나는 혼자 마음을 정리했다고 믿었지만,
말하지 않으면 상대는 그 사실을 모른 채
그대로 남아 있었다.
그 공백이 결국 오해를 부르고, 사소한 일을
괜히 크게 만들기도 했다.

몇 번의 갈등 끝에야 깨달았다.
관계는 결국 부딪혀봐야 알 수 있다는 걸.
조심조심 숨기기보다 어색하고 다투더라도
한번은 말을 꺼내야만 한다는 걸.

내 안의 감정은 흘려보내며 정리하면 된다.
하지만 관계 속의 감정은,
흘려보내기만 해서는 충분하지 않다.

서로에게 전해져야만 진심으로 마음에 닿는다.

결국 불안도 재료다

늘 불안했다. 잘하고 있는 건지, 이 길이 맞는 건지,
앞으로 어떻게 될지 알 수 없었다.

예전엔 그 불안을 없애려고만 했다.
하지만 사라지지 않았다. 아무리 눌러도, 무시해도
불안은 또 다른 모습으로 찾아왔다.

그러다 알게 되었다. 불안은 없앨 수 있는 게
아니라는 사실을. 오히려 그것은 나를 단단하게
만드는 재료였다.

불안하기에 더 준비했고, 불안하기에
더 집중할 수 있었다.
불안은 때로 나를 무너뜨리기도 했지만,
그만큼 나를 빚어온 힘이기도 했다.

지금도 불안은 사라지지 않는다. 하지만 이제는 안다.
그 불안이 결국 나를 굳히는 불의 일부라는 걸.
불안이 좋다. 그 과정에서 꽃피우게 되리라.

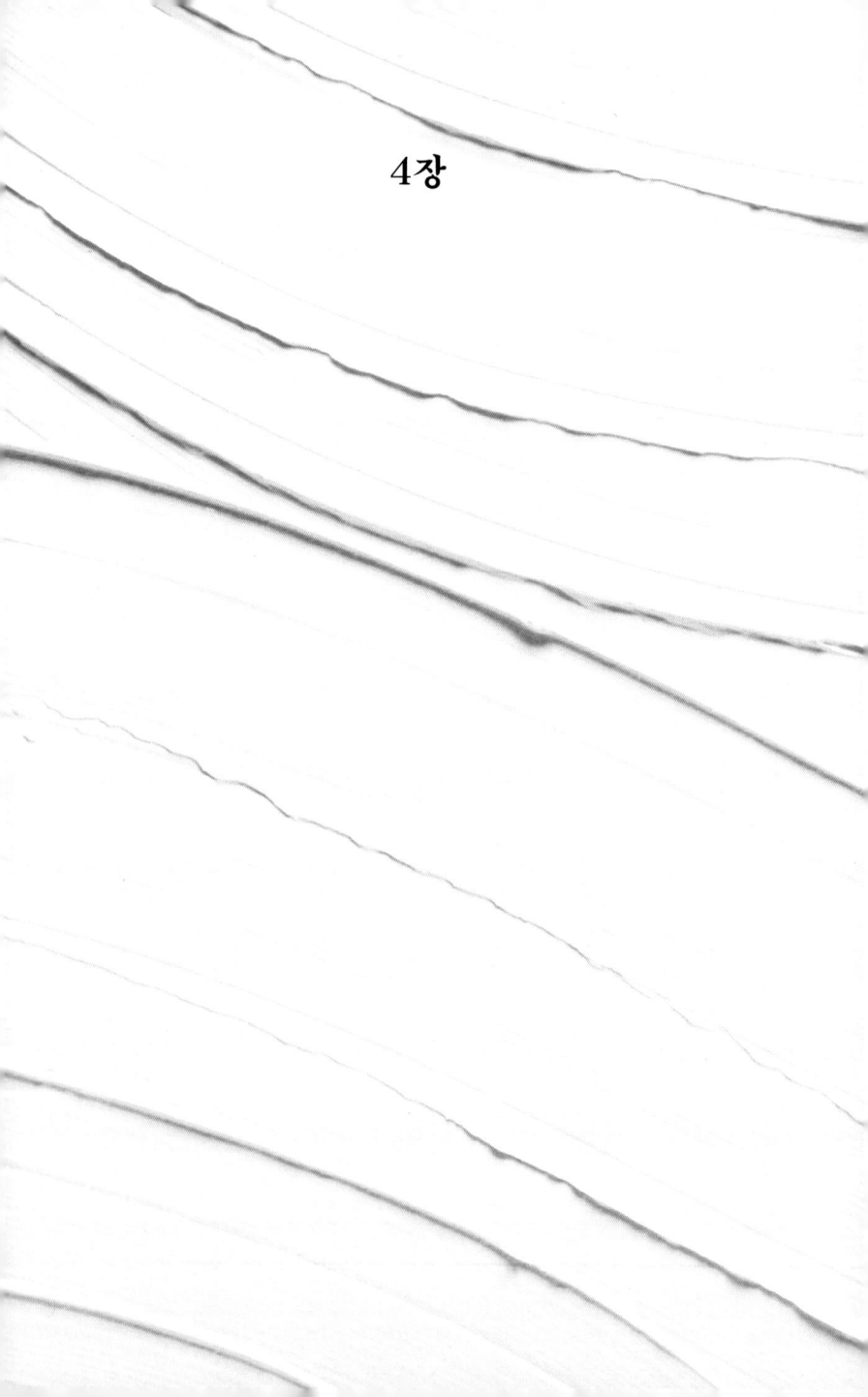

4장

나로 살아가는 시간

완성된 그릇처럼, 내 삶을 놓아보는 시간. 모든 과정이 지나고
나면, 이제는 받아들이고, 써보는 시간이다. 비로소, 그릇이
삶을 담는다. 불완전하지만 나다운 상태로 살아가는 이야기.

지금의 나에게
박수를 보낸다

솔직히, 잘하고 있는 건지 모르겠다.

가끔은 헷갈리고, 불안하고

어느 순간엔 멈춰 서 있는 기분이 들기도 한다.

그런데도 내가 계속 걸어가고 있다는 사실이,

스스로에게 많은 의미를 건네는 듯하다.

아무도 알아주지 않아도,

누가 대신 박수 쳐주지 않아도,

내가 나 자신에게 해줘야 할 것 같다.

어떤 날은 하루를 버텨낸 것만으로도

충분히 박수 받을 일이다.

흔들리면서도 무너지지 않았고,

무너지더라도 다시 일어났으니까.

그것만으로도 대견하다.

과정을 견디는 사람이

결국 가장 멋진 사람이다.

오늘까지 온 내가

어제보다 더 단단해졌다면,

그건 충분히 박수 받을 일이다.

나는 지금,

그 박수를 아끼지 않기로 했다.

적어도 나 자신에게만큼은.

삶은 빚어진다,
천천히 그리고
단단하게

삶은 하루아침에 완성되지 않는다.
때로는 멈춰 서 있어도,
그 시간 속에서 나는 조금씩 빚어지고 있었다.
그리고 그 과정이야말로
내가 단단해지는 시간들이었다.

도자기는 서두른다고 빨리 완성되지 않는다.

흙이 제 모양을 갖추려면, 충분히 기다려야 한다.

마르지 않은 상태에서 가마에 넣으면 깨져버리고,

유약도 한 번에 원하는 색이 나오지 않는다.

삶도 비슷하다.

아무리 빨리 달리고 싶어도,

준비되지 않은 상태라면 오래가지 못한다.

기다림은 답답하지만,

그 시간 속에서 내 마음은 단단해지고,

내가 진정 원하는 모습이 또렷해진다.

예전엔 뭐든 빨리 완성하고 싶었다.

결과를 보여줘야만 가치가 있다고 믿었고,

지금 당장 잘해야만 인정받는다고 생각했다.

하지만 살아보니,

가장 단단한 순간은 조급함이 아니라

충분한 시간을 통과한 뒤에 왔다.

삶은 하루아침에 완성되지 않는다.

때로는 멈춰 서 있어도,

그 시간 속에서 나는 조금씩 빚어지고 있었다.

그리고 그 과정이야말로

내가 단단해지는 시간들이었다.

나만 아는 성취

누구에게도 알리지 않은 채 해낸 일들이 있다.
트로피도 없고, 박수도 받지 않았지만,
나한테는 그 어떤 상보다 값진 순간들.

새벽에 일어나 운동을 하며, 러닝을 끝낸 날,
하루 종일 물레 앞에서 고군분투한 날,
혼자서 무너질 것 같던 마음을 끝까지 붙잡아낸 날.
그건 아무도 모르는 내 작은 승리였다.

그건 거창한 목표가 아니었다.
단지 나와의 약속을 지키는 것.
힘들어서 늦게 가더라도 포기하지 않고 해낸 것.
끝까지 마음을 놓지 않은 것.

누가 보상을 주는 것도 아니었지만,
그 순간 나는 조금 달라졌다.
아무도 모르는 내 안의 작은 승리들이
겹겹이 쌓여 지금의 나를 만들었다.

그건 남에게 증명할 수 없는 기록이다.

그래서 더 단단하다.

겉으로는 조용해도, 나한테는 분명 큰 의미가 있다.

익숙함 속에서 발견한
작은 사치

매일 하는 일이 있다.

아침에 눈을 뜨면 운동을 하고,

스튜디오에 나와 물레를 돌리고,

중간중간 촬영을 하거나 책을 읽는다.

처음엔 그저 해야 할 일이라 생각하고 반복했는데,

어느 순간, 그 안에서 내가 숨 쉬고 있음을 깨달았다.

운동 후에 몸이 가벼워지는 감각,

흙이 손끝에서 모양을 찾아가는 순간,

책장을 덮을 때 머릿속이 조용해지는 느낌.

크게 특별한 건 아니지만,

이 순간들을 소중히 챙기는 것이

나한테는 꽤 중요한 일이라는 걸 알게 되었다.

언뜻 보기엔 평범한 하루여도,

그 안에서 내가 고른 리듬이 있다는 게 좋다.

아마 그래서일 거다.

바쁘게 흘러가는 날들 속에서도

익숙한 루틴이 있으면 쉽게 무너지지 않는다.

하루가 조금 힘들어도,

그 리듬이 나를 다시 제자리로 데려다 놓는다.

결국, 작은 사치는 사치가 아니라

나를 버티게 하는 방법이었다.

아무 일 없던 날의
표정

어떤 날은 아무 일도 일어나지 않는다.
딱히 기억에 남을 일도, 별다른 사건도,
누군가와 크게 웃거나 울 일도 없었다.
그저 운동하고, 밥 먹고, 할 일 하고,
평소처럼 집에 돌아왔다.

그런데도 괜찮았다.
기분이 좋지도 나쁘지도 않은, 그 중간 어딘가에서
하루가 고요하게 끝났다.

괜찮아.

이런 날은 마음이 잠시 쉬고 있다.
앞으로 뭘 해야 할지 계산하지도,
이미 지나간 일을 끌어안지도 않은 채
그냥 오늘 속에 머무는 표정.

아무 말 없이

옆에 있어주는

사람

가끔은 말보다

그저 곁에 있어주는 존재 자체가 위로가 되기도 한다.

연인이든, 친구든, 가족이든

그냥 옆에 있어주는 것만으로

마음이 편해지는 사람이 있다.

그 앞에서는 기분을 설명할 필요도,

억지로 장단 맞출 필요도 없다.

침묵이 어색하지 않고,

내 마음이 들킬까 봐 두려워하지 않아도 된다.

그런 사람과 함께하는 시간은

말 한 마디 없어도 마음을 한결 가볍게 만든다.

그리고 이상하게도,

그 시간이 지난 뒤에는

풀리지 않던 마음이 조금은 정리되어 있다.

아마도 그건, 누군가의 온기를 곁에 두는 것만으로도

충분했기 때문인 듯하다.

사람 사이엔

온도가 있다

누군가는 차갑게 스쳐 지나가고,
누군가는 오래 머물며 마음을 덥힌다.

말투, 눈빛, 행동, 대화의 속도.
그 작은 온도의 차이가 관계를 만든다.
같은 말을 해도 어떤 사람에게는 상처가 되고
어떤 사람에게는 힘이 된다.

그래서 나는 나를 편하게 하는 온도,
나를 위축시키는 온도를 구분하려 한다.

모든 사람에게 알맞은 온도는 없을뿐더러
누군가에게 맞추려 하면 내 온도가 바뀌어
스스로 불편해진다.

나는 나를 따뜻하게 하는 온도를 가진 사람과
더 오래 머물고,
내 온도도 누군가에게 좋은 온도로 남기를 바란다.

내 손에 남은 기록들

흙 위에 남은 손자국처럼
내 삶에도 내 손길이 남아 있다.
그 흔적은 지울 수 없다.
그래서 오히려 더 소중하다.

내 작업실에는 실패한 그릇도, 완성된 그릇도 함께
놓여 있다. 누군가는 왜 버리지 않느냐고 묻지만,
나에게는 그 모든 게 기록이다.

금이 간 컵,
유약이 고르지 않게 번진 접시,
균형이 맞지 않아 삐뚤어진 화병.

그 안에는 그날의 내 마음과 컨디션,
그리고 내가 어떤 상태였는지가 그대로 담겨 있다.

삶도 다르지 않다. 내가 지나온 길에는 늘 흔적이
남는다. 잘한 일, 후회되는 일, 애써 붙잡은 관계,
결국 놓아버린 선택들.

그 모든 게 쌓여 지금의 내가 되었다.
흙 위에 남은 손자국처럼 내 삶에도
내 손길이 남아 있다. 그 흔적은 지울 수 없다.
그래서 오히려 더 소중하다.

내가 기댈 수 있는
몇 사람

한때는 많은 사람에게 좋은 사람이 되고 싶었다.

어디서든 밝고, 누구에게나 친절하고,

모두에게 사랑받는 사람이 되고 싶었다.

사람이 많을수록 나한테 도움이 될 거라고 생각했다.

하지만 시간이 지나면서 알게 되었다.

모든 사람과 깊을 수는 없다는 걸.

넓히려 할수록 대화는 가벼워지고,

관계는 금세 스쳐 지나갔다.

겉으론 사람들로 가득했지만,

정작 기대고 싶은 순간엔 공허함만 남았다.

결국 끝까지 남은 건 몇 사람뿐이더라.

나를 오래 지켜본 사람, 힘들다고 솔직히

말할 수 있는 사람, 굳이 설명하지 않아도

내 마음을 짐작해주는 사람. 그 정도면 충분했다.

많음이 중요한 게 아니었다.

적지만 확실한 관계가 오히려 나를 단단하게 지탱했다.

때로는 말없이 옆에 있어주는 것만으로도,

세상에서 혼자가 아니라는 걸 알 수 있었다.

돌아보면 내 삶을 지켜준 건 수많은 인연이 아니라,

내가 기댈 수 있는 단 몇 사람이었다.

그 사실을 깨닫고 나니, 관계는 넓히는 게 아니라

깊어지는 게 중요하다는 걸 알았다.

내가 기댈 수 있는 몇 사람이 있다는 건,

살면서 얻을 수 있는 가장 큰 행운이다.

흠집 난 그릇도
쓰임새가 있다

완벽한 그릇만 쓰이는 건 아니다.

금이 간 컵에도 물을 담을 수 있고,

울퉁불퉁한 접시에도 밥을 먹을 수 있다.

겉보기에는 모양이 어설퍼도, 실제로 쓰임에는

아무 문제가 없는 경우가 많다.

삶도 그렇다.

흠집이 많다고 해서 쓸모없는 건 아니다.

오히려 그 흠집 덕분에 더 오래 곁에 둘 때도 있다.

매끈하고 완벽한 것보다, 조금 상처 난 물건에

더 애착이 가고, 손에 익어 더 자주 쓰이기도 한다.

나 역시 마찬가지다. 흠집 난 부분이 많다.

쉽게 꺼내지 못하는 상처도 있고,

실패와 후회의 흔적도 남아 있다.

예전엔 그게 부끄러웠다.

남들에게 들키지 않으려 애쓰기도 했다.

이제는 안다.

그 흠집까지 포함해서 나는 쓰이고 살아간다.

흠집이 많다고 해서 삶이 멈추는 건 아니다.

오히려 그 흔적이 나를 더 단단하게 만들고,

다른 사람의 흠집까지 이해할 수 있게 했다.

삶은 결국,

흠집조차도 쓰임이 되는 과정이었다.

완벽하지 않아도, 매끄럽지 않아도,

여전히 역할이 있고, 여전히 의미가 있다.

흠집이 있다는 건 살아왔다는 증거이자,

앞으로 살아갈 힘이 된다는 뜻이었다.

느려도

괜찮다

한때는 늘 빨라야 한다고 생각했다.
남들보다 더 빨리 성과를 내야 하고,
더 앞서 있어야 한다고 믿었다.

하지만 시간이 지나면서 깨달았다.
느리게 가도 괜찮다는 걸.
내가 붙잡은 속도로 가는 게
결국 가장 오래가는 방법이라는 걸.

흙도 급하게 말리면 금이 가고,
서둘러 구우면 깨져버린다.
충분한 시간이 있어야 단단해진다.

내 삶도 그렇다.
조급해하지 않아도 된다.
나만의 속도로 살아가면 된다.

다시 채워지는
하루

어떤 날은 텅 빈 것처럼 느껴진다.
아무것도 이룬 게 없고, 그저 흘려보낸 하루처럼
느껴질 때가 있다. 분명 부지런히 보냈는데도
손에 잡히는 게 없을 때,
마치 내가 뒤처지고 있는 것처럼 느껴지기도 한다.

그런데 신기하게도, 그런 날이 지나고 나면
다시 채워지는 순간이 찾아온다.
비워낸 만큼 다른 것이 들어오고,
쉬어간 만큼 다시 걸어갈 힘이 생긴다.
내가 게을러진 게 아니라,
잠시 숨 고르기를 했을 뿐이다.

하루는 그렇게 채워졌다가 비워지고,
비워졌다가 다시 채워진다.
그 리듬이 쌓여 지금의 내가 만들어졌다.
결국 삶이란 그 반복 속에 있다.
완전히 채워져야만 괜찮은 것이 아니라,
비워내는 순간조차도 나를 지탱하는 과정이었다.

하루는 채워지고, 또 비워진다.
그 흐름이 쌓여 지금의 내가 되었다.
삶은 특별한 순간이 아니라
반복되는 하루의 결로 이어진다.
완벽히 채워지지 않아도 괜찮다.
비워내는 순간마저 나를 단단하게 만든다.

나를 빚는 시간

초판 1쇄 인쇄 2025년 12월 10일
초판 1쇄 발행 2025년 12월 26일

지은이 이경환
펴낸이 이범상
펴낸곳 (주)비전비엔피 · 애플북스

책임편집 김승희
기획편집 차재호 김혜경 한윤지 박성아
디자인 김혜림 이민선 인주영
마케팅 이성호 이병준 문세희 이유빈
전자책 김희정 안상희 김낙기
관리 이다정
인쇄 새한문화사

주소 우) 04034 서울특별시 마포구 잔다리로 7길 12 (서교동)
전화 02) 338-2411 | **팩스** 02) 338-2413
홈페이지 www.visionbp.co.kr
인스타그램 www.instagram.com/visionbnp
이메일 visioncorea@naver.com
원고투고 editor@visionbp.co.kr

등록번호 제313-2007-000012호

ISBN 979-11-994411-8-7 03810

- 값은 뒤표지에 있습니다.
- 파본이나 잘못된 책은 구입처에서 교환해 드립니다.